D0587690

Comment se débarrasser de Puce

Johanne Gaudet

Comment
se débarrasser
de Puce

roman

Boréal

Maquette de la couverture : *Gianni Caccia*
Illustrations : *Bruno St-Aubin*

Diffusion au Canada : Dimedia
Distribution en Europe : Les Éditions du Seuil

Données de catalogage avant publication (Canada)

Gaudet, Johanne

Comment se débarrasser de Puce
(Boréal junior ; 15)

ISBN 2- 89052-471-X

I. St-Aubin, Bruno. II. Titre. III. Collection.

PS8563.A92C65 1992   jC843'.54   C91-096214-9
PS9563.A92C65 1992
PZ23.G38Co 1992

1

Un record de punitions

Ma sœur Puce a encore réussi à me faire punir. J'ai écopé de quatre punitions depuis le début de la semaine et nous ne sommes que vendredi. Je ne pourrai jamais me rendre jusqu'à dimanche avec Puce dans les jambes.

Lundi, j'ai été privé de mon dessert favori, le sorbet aux pistaches, parce que je l'avais bousculée. Ça, c'est ce que mes parents disent. Moi, ce que je dis, c'est que je l'ai à peine poussée. Puce barbouillait mon *Tintin* préféré : *Tintin et le Crabe aux pinces d'or*. Je lui ai arraché le crayon feutre des mains. Tout simplement. C'était un cas de légitime défense. Si elle est tombée de sa chaise et s'est cognée le nez, ce n'est tout de même pas de ma faute !

Le lendemain matin, mardi, en revenant de la salle de bains, je surprends Puce en train de manger mes céréales Alphabits. Je lui tombe sur la tomate, je la tiraille un peu pour reprendre le bol, et les céréales se répandent par terre. Puce crie, naturellement. Je me retrouve avec deux dollars de moins sur mon allocation de la semaine et, en prime, l'obligation de laver tout le plancher de la cuisine.

Heureusement que mercredi, je suis allé coucher chez mon ami Laurent. Là au moins j'ai eu la paix. Laurent, lui, a des grands frères. On peut jouer sans se faire houspiller.

Mais, hier après-midi, après l'école, ça a recommencé. Puce m'a sauté dessus pendant que je jouais au Super-Mario 3. Elle a fait son coup sournoisement, par derrière. Je me suis fâché. C'est normal, elle venait de me faire perdre une vie. J'ai été privé de Nintendo pour toute la soirée.

Il n'y a pas de justice dans la famille. Pourquoi est-ce toujours moi qui suis puni ? Je collectionne les punitions comme d'autres collectionnent les timbres. J'en ai tant accumulé que mon nom va certainement bientôt paraître dans le *Livre des records*.

Livre des records, rubrique Exploit-Jeunesse, page 1234

Nom : Léo Bonenfant-D'Amours
Léo est le fils de Florence Bonenfant et de Victor D'Amours, et le frère de Puce Bonenfant-D'Amours.

Âge : 9 ans 8 mois 4 jours 20 heures 43 minutes 15 secondes

Record : Léo se chicane régulièrement avec sa sœur Puce, âgée de 4 ans. Grâce à elle, il détient un nombre record de punitions : 1379. Cet exploit lui vaut le titre incontesté de champion toutes catégories dans le monde merveilleux des chicanes familiales.

Beau trophée ! Tout a changé dans le portrait de famille depuis que ma sœur Puce est arrivée dans le décor. Mon ami Fabien m'avait averti.

— Wouach ! une sœur... t'es pas chanceux, Léo. Elle va te coller aux fesses et tes parents vont l'y encourager.

J'ai pensé qu'il exagérait, Fabien exagère toujours. Il est un peu vantard sur les bords. Et puis, il a un petit frère, lui. Comment est-ce qu'il pouvait savoir qu'une petite sœur, ce serait la même chose.

— Je te jure que c'est pareil. Les frères et les sœurs, ça gâche tout !

En tout cas, la mienne, de sœur, elle a 4 ans et je peux dire que ce n'est plus comme avant.

Comme avant. Avant elle. Quand j'étais unique.

Le problème avec elle, c'est qu'elle veut toujours jouer avec moi.

— Léooo, ze veux zouer avec toi.

Elle ne comprend pas que je ne peux pas toujours jouer avec elle. C'est impossible ! IM.POS.SI.BLE !

L'autre problème, pire encore, ce sont mes parents, Victor et Florence.

— Ta sœur veut jouer avec toi. Il me semble que tu pourrais comprendre, à ton âge.

Ces deux-là, ce sont deux entêtés de la pire espèce. Une espèce de bête bicéphale, avec des yeux tout autour de la tête et des bras longs comme des tentacules. Une espèce qui pompe l'air aux enfants et qui devrait disparaître de la planète Terre pour me laisser respirer un peu.

Victor et Florence ne comprennent rien. Ils ne comprennent pas que je ne peux pas passer toutes mes journées et toutes mes soirées à jouer avec ma sœur Puce à la poupée-qui-fait-pipi ou au-petit-bateau-qui-va-dans-l'eau !

J'ai mon Nintendo, moi. J'ai mon hockey et mes cours de natation. J'ai des amis, aussi. Ils en ont assez de me voir arriver au parc flanqué de ma sœur.

— Ah non! Pas encore Puce... Tu aurais pu la laisser à la maison... On ne peut pas jouer aux espions avec elle.

Pendant que Ti-Louis, Julia et Laurent jouent à espionner le vieux bonhomme Soucy qui manigance dans sa cour et Mme Pop Corn qui se fait bronzer avec son Poodle Doodle au bord de la piscine, moi, je fais des châteaux de sable avec Puce et je m'ennuie.

J'ai pourtant tout expliqué à Florence et à Victor. Cent fois. Mille fois. Mais ils s'entêtent.

— Tu n'as qu'une sœur, Léo. Vous devez apprendre à vous amuser ensemble.

Ils ne comprennent rien à rien. Ce sont deux grosses têtes!

Il y a des jours où je me dis que je devrais fonder un club pour ceux qui sont « pognés avec une sœur », le Club des PAS. Notre devise serait *Pas de sœur, pas de frère, pas de chicane, pas de punition! Les PAS veulent la paix!*

Les membres du Club des PAS signeraient une entente avec les parents pour qu'il n'y ait qu'un enfant par famille ou, exceptionnellement, deux enfants lorsque ce sont des jumeaux. Mais, surtout, le Club nous protégerait contre les punitions des parents. Les maudites punitions!

Parfois, je me demande où Florence et Victor vont chercher leurs idées de punitions. J'ai l'impression qu'ils consultent un catalogue ou un guide pratique, du genre livre de recettes : *365 bonnes punitions pour votre enfant*. Ils ouvrent le livre et en pigent une au hasard.

Je ne sais pas à quelle page ils ont ouvert leur guide aujourd'hui mais ils se sont dépassés. Pour presque rien du tout, ils m'ont collé toute une punition : je suis privé de télévision pour une période IN.DÉ.TER.MI.NÉE !

Une punition majeure ! Ils ont atteint le maximum du maximum. Et moi aussi.

J'en ai jusque-là, des punitions ! Je dirais même que je viens d'attraper une écœurantite aiguë !

Et tout ça pour une petite chamaille de rien du tout.

Tout à l'heure, après la collation, je suis allé au salon pour regarder la télévision. C'était la diffusion du dernier *Indiana Jones* sur TVCQ. J'attendais ce film-là depuis le début de la semaine et Florence m'avait donné la permission de le regarder. J'allume donc le téléviseur et je m'assois sur le divan.

Sitôt qu'elle entend le son, Puce se pointe au salon.

— Léooo, ze veux zouer avec toi.

Pas elle! Je craque!

— Non, Puce! Pas maintenant. Va jouer ailleurs.

Elle ne m'écoute pas, bien entendu. Elle se précipite sur le téléviseur et change le poste. Je manque, à cause d'elle, la première cascade du film. Je ne vais tout de même pas me laisser faire: je lui fais la prise de l'ours. Elle se met à crier. Je lui mets un coussin sur la tête et je l'écrase sur le divan pour la faire taire. Elle se débat et réussit à m'échapper. Elle court à la cuisine en hurlant. C'est la catastrophe! Maman bondit aussitôt, aussi vite que Batman à l'appel de Robin.

— Léo! pourquoi Puce crie-t-elle?

Maman a des antennes. Où qu'elle soit, dans la cuisine, au sous-sol ou dans sa chambre, elle entend toujours les cris de Puce.

Papa, lui, c'est tout le portrait de maman. Une vraie photocopie couleur. Il sort de son atelier de travail comme un cheval en furie :

— Léo, j'en ai assez de t'entendre te quereller avec ta sœur !

Ils sont très émotifs tous les deux. Quand maman s'énerve, papa perd les pédales.

— Encore une querelle à propos de cette damnée télévision. Notre patience a des limites, Léo ! Nous te l'avons répété maintes et maintes fois et tu ne te corriges pas.

Victor me répète toujours la même chose. Un vrai vieux perroquet de 37 ans.

— Et tatati et tatata. Ta sœur est plus jeune que toi. Et patati et patata. Tu dois faire attention à elle. Et gnagnagni et gnagnagna. C'est ta sœur.

Maman prend Puce dans ses bras pour la consoler. Papa me prend les épaules. Il serre un peu fort et me secoue. Il me fixe avec des yeux furieux et les sourcils lui grimpent jusqu'au milieu du front.

— Ça suffit. Tu vas aller dans ta chambre pour réfléchir. Tu es privé de télévision pour une période indéterminée.

Quoi ? J'entends mal. Qu'est-ce qu'il a dit ? Qu'est-ce que ça veut dire, privé de télévision pour une période in.dé.ter.mi.née ?

Papa me hisse dans l'escalier. Je ne touche plus le sol. Clic ! Vlan ! Poc ! Pas le droit de discuter. Pas le droit de répliquer. Au trot, au galop, dans ma chambre !

J'escalade l'escalier deux marches à la fois. Arrivé en haut, je crie à Florence et à Victor.

— Votre Puce, c'est un sacré poison !

Je claque la porte de ma chambre de toutes mes forces. Je suis furieux.

Ma sœur m'embête, m'assomme et m'empoisonne la vie.

Ma sœur m'embête, m'assomme et m'empoisonne la vie.

Ma sœur m'embête, m'assomme et m'empoisonne la vie.

2

Je fulmine

Je fulmine. «Fulminer»: Éclater, exploser... se laisser aller à une violente explosion de colère (*Petit Robert 1*).

C'est tout à fait ce qui m'arrive. J'explose. Taratata boum! Si je ne me retenais pas, je casserais tout. Je renverserais mon bureau, j'éparpillerais mes livres et mes crayons dans la chambre, je déchirerais mes cahiers de devoirs, je briserais ma guitare. Tout y passerait. Absolument tout. Sauf mon aquarium. J'aime trop mon petit poisson rouge, Lulu, pour lui faire du mal.

En fait, je jette mon dictionnaire par terre. Deux fois. Bang! et re-bang!

Je veux qu'ils comprennent bien ma rage, eux, en bas, dans la cuisine. Je veux qu'ils sachent que je fulmine, moi, en haut, dans ma chambre.

Ma chambre est juste au-dessus de la cuisine. Quand je colle l'oreille sur le plancher, j'entends tout ce qui s'y passe. Je ne le fais plus aussi souvent qu'avant, mais quand j'avais six ou sept ans, je m'y étendais régulièrement le soir, avant de me coucher pour de bon.

J'interceptais alors les conversations de mes parents. Je les entendais se disputer sur la fameuse affaire «Canada-Québec» ou rire de M. Vachon, notre voisin. Une fois, j'ai même appris qu'ils voulaient m'offrir un globe terrestre pour Noël et que ma tante Gisèle m'avait acheté des jumelles pour observer les oiseaux. Et je les ai vraiment reçus. Ils sont là, bien rangés au fond de mon placard.

Mais, ce soir, j'ai beau coller l'oreille au plancher et retenir ma respiration, je n'entends rien. Je crois qu'ils soupent en silence. Ça sent le ragoût de bœuf. Si ç'avait été du spaghetti, je fulminerais encore plus ! Mais du ragoût de bœuf, pouah ! je peux m'en passer avec plaisir. D'ailleurs, j'ai caché des biscuits OREO dans ma commode. Des provisions pour les cas de force majeure. Et ce soir, c'est un cas de force majeure.

Je m'étends sur le lit, la tête sur l'oreiller, et je croque mes biscuits. Tant pis pour les miettes dans le lit !

Je n'ai même pas enlevé mes

souliers. Tant pis pour les draps!

Je croque mes biscuits et je réfléchis. C'est Victor qui m'a dit de le faire.

— Va dans ta chambre pour réfléchir.

Alors, je réfléchis. Tant pis pour lui!

Ça mijote dans ma tête. Je fulmine.

C'est tout à l'envers là-dedans. Je rage.

Ça brasse toutes sortes d'idées. UNE idée en particulier!

Je ne veux pas l'entendre, cette idée-là. Non!

Je me bouche les oreilles. Je me cache sous les couvertures. Mais je l'entends quand même. C'est une petite voix.

— Tu dois te débarrasser de Puce si tu veux que tout redevienne comme avant!

Comme avant. Avant Puce. Quand j'étais unique!

Mon cœur bat très vite et je respire mal. Je l'entends toujours.

— Tu dois te débarrasser de Puce.

J'essaie de penser à autre chose. Je donne des miettes de biscuits à Lulu, mon petit poisson rouge. Je mets mon pyjama. Je fais semblant de dormir. Mais je n'entends que ça.

— Tu dois te débarrasser de Puce!

C'est vrai que je veux me débarrasser d'elle. Oui, c'est vrai!

Si Puce n'était pas là, tout redeviendrait comme avant.

Avant elle, quand j'étais unique, mes parents me cajolaient, me chatouillaient, me racontaient des histoires. Ils préparaient des repas juste pour moi, ils jouaient à mes jeux et me bordaient le soir dans mon lit. J'étais bien.

Mais depuis que Puce est là, tout

fonctionne de travers. C'est avec elle qu'ils jouent, c'est avec elle qu'ils rient, c'est avec elle qu'ils ont du vrai plaisir.

Tout est pour elle. Ma sœur m'a tout pris.

Mon professeur nous a déjà dit :

— Les enfants, quand vous avez un problème qui vous turlupine, cherchez un moyen de le régler et passez à l'action !

Mon problème à moi, c'est ma sœur.

La solution que j'ai trouvée, c'est de la faire disparaître.

Je dois m'en débarrasser coûte que coûte.

C'est facile à dire mais pas si facile à faire.

Qu'est-ce qu'on fait quand on veut se débarrasser de sa sœur ?

Je n'ai jamais vu un film ni même lu un livre sur le sujet. Personne ne m'a jamais rien dit là-dessus. Nous autres, les enfants, on doit tout inventer, tout imaginer.

Et moi, je n'ai pas l'habitude de pondre des idées géniales. Autant me mettre au boulot, dès à présent, pour en trouver une potable. Je dois réfléchir.

Lorsque j'étudie pour un examen, je fixe le mur, les bras croisés et je répète mes leçons à haute voix dans ma tête : ma matière grise pose les questions et moi, je réponds. Je vais procéder de la même façon.

Je fixe alors le mur et je croise les bras.

Parle, matière grise ! Pose-moi tes questions ! Je veux trouver une idée !

Matière grise : Léo, pourquoi veux-tu te débarrasser de ta sœur ?

Léo : Parce qu'elle m'énerve ! Je l'ai toujours sur les talons. C'est une vraie sangsue. Je ne peux plus jouer seul comme avant. Je ne peux plus rencontrer mes amis comme avant. Je n'ai plus ma place à la maison comme avant. Mes parents disent que je dois tout partager avec elle. Ils disent que je suis responsable d'elle. Ils ne me considèrent plus comme avant. C'est elle qu'ils aiment à présent!

Matière grise: Et toi, Léo, aimes-tu ta sœur?

Léo: Parfois!

Matière grise: Quand?

Léo: Quand elle rit, quand elle fait des mimiques de singe et que je rigole. Quand elle joue aussi avec mes anciens jeux, je trouve ça très drôle. Mais c'est tout. Et cela ne suffit pas à me la faire endurer plus longtemps. Elle m'a enlevé tout ce que j'avais.

Matière grise: Est-ce que ta sœur t'a volé quelque chose?

Léo: Oui! Elle m'a volé Florence et Victor.

Matière grise : Compris ! Alors, peux-tu me dire comment tu vas te débarrasser d'elle ?

Léo : Je ne sais pas, moi. Je pourrais peut-être lui jeter un mauvais sort, comme dans les films d'horreur ; la précipiter du haut d'une falaise, comme dans les films policiers ; ou organiser une rencontre du troisième type pour que les extra-terrestres l'emmènent avec eux sur leur vaisseau interplanétaire, pour toujours !

Matière grise : C'est du cinéma, tout ça ! Ça n'arrive jamais dans la vraie vie. Franchement, tu pourrais être plus inventif !

Léo : On voit bien que ce n'est pas toi qui inventes tout !

Matière grise : Concentre-toi !

Léo : Je me concentre.

Matière grise : Alors ?

Léo : J'ai peut-être une idée mais j'ai besoin d'aide. Mes amis...

On frappe à ma porte. J'étais trop concentré et je n'ai entendu personne venir.

— Léo, c'est Victor !

Qu'est-ce qu'il veut, celui-là ? Il me dérange.

— Léo, est-ce que je peux entrer ?

Il veut entrer. Il va entrer. Il entre.

Il a son air dramatique des grands jours. Il tourne en rond. Il fait semblant de fouiller dans ma bibliothèque et jette un coup d'œil sur mon livre de géographie. Moi, je ne bouge pas. Victor s'approche et s'assied sur le bord du lit.

— Léo...

Il parle doucement, comme quelqu'un qui a bien réfléchi à son affaire.

— Je comprends que ta sœur t'embête parfois...

Il ne peut pas mieux résumer ma pensée.

— ...mais nous pensons, ta mère et moi, que tu dois apprendre à vivre avec elle.

Blablabla, j'ai déjà entendu ça. Changez de cassette, maman et toi.

— Ta sœur est jeune et tout ce que tu fais l'intéresse. Tu l'impressionnes. Elle t'aime parce que tu es son frère et elle voudrait te ressembler.

Singesse! Ils devraient l'envoyer dans un zoo!

— Nous n'aimons pas te punir tout le temps mais il faut bien réagir à vos querelles.

Victor me caresse la tête et ça me donne des frissons.

— Pourquoi ne discutes-tu pas avec elle plutôt que de te fâcher. Ça, ce serait une attitude plus raisonnable, plus responsable. La vie à la maison est devenue insupportable. Tu dois changer. Je te fais confiance.

Il me prend par les épaules et m'embrasse sur le front. Il se lève.

— Viens nous rejoindre à la cuisine, si tu le désires.

Il part. J'entends ses pas dans l'escalier. J'ai le goût de partir à ses trousses et de lui sauter sur le dos comme avant. Comme avant, quand on jouait au-cheval-effarouché-et-au-cavalier-sans-peur-et-sans-reproche. Hue ! Hue ! Victor !

Mais, aujourd'hui, ce n'est plus comme avant ! Je suis trop vieux. J'ai neuf ans huit mois cinq jours trois heures trente-quatre minutes et dix-huit secondes.

Je suis sûr que Victor file à la cuisine rejoindre Florence et lui faire un rapport de notre conversation. Je veux savoir.

Je saute de mon lit et m'étale à plat ventre sur le plancher. J'y colle l'oreille.

Le contact est bon. Je les entends, malgré le tohu-bohu du lave-vaisselle.

— Ne t'en fais pas, Florence, j'ai parlé à Léo et il a compris mon message. Il va changer.

Victor se vante. Dans mon dos.

— Tant mieux. J'aimerais tant que Léo devienne l'ami de Puce.

Victor se vante et Florence se trompe. Puce ne deviendra pas mon amie. Ce n'est qu'une sœur encombrante et j'ai bien l'intention de m'en débarrasser.

Ils ne connaissent pas mon intention. Je la garde pour moi jusqu'à demain.

Demain, c'est samedi. Tous mes amis vont être au parc. Je vais y emmener Puce et ils vont m'aider à m'en débarrasser.

Elle n'a qu'à bien se tenir, la Puce, parce qu'il va y avoir de l'aventure!

J'ai sommeil. Je vais dormir et rêver à demain.

Bonne nuit, petite voix!
Dors bien, matière grise!
À demain, les amis!

3

Action !

Le Poodle Doodle de Mme Pop Corn m'a réveillé ce matin. Comme tous les matins vers huit heures, Mme Pop Corn promène son Poodle Doodle. Et, comme tous les matins, il ne peut s'empêcher de japper et de grogner chaque fois qu'il rencontre un chien, un chat, un homme, une femme et son bébé en poussette, une auto, une bicyclette, un caillou, un arbre tordu, une feuille. Il fait enrager Mme Pop Corn.

— Tais-toi donc. Mais tais-toi donc. Je t'ai dit de te taire.

C'est plus fort que lui, il ne peut s'empêcher de japper. Il embête tous les voisins mais, moi, je l'aime bien parce que c'est mon réveille-matin.

L'odeur du café aussi me réveille. Elle se faufile par les craques du plancher et m'avertit que le déjeuner est prêt. Papa claque la porte d'entrée. Il revient du dépanneur avec *La Presse*. Avant d'aller à la cuisine, il s'arrête au salon pour mettre une cassette de Mozart. Puce caquète et picoche son œuf à la coque. Maman va bientôt m'appeler. Comme d'habitude. Elle avance vers l'escalier et pose le pied sur la première marche.

— Léo, lève-toi... viens déjeuner, mon Léo !

J'enfile mon *jogging* et je descends.

C'est aujourd'hui le jour J, le matin M, l'heure H. C'est aujourd'hui que je règle mon problème !

Papa et maman sont en pleine forme. Quand je leur annonce, entre deux bouchées de toast au beurre d'arachides, que je vais jouer au parc et que je veux emmener Puce avec moi, papa arrête de lire ses nouvelles et maman me saute au cou.

— Léo, comme tu me fais plaisir !

— Bravo, mon grand ! Je vois que tu as bien réfléchi à ce que je t'ai dit hier.

Ils sont contents. Je suis débouté par leur enthousiasme. Je ne les avais pas vus aussi contents depuis fort longtemps. Je suis heureux, moi aussi. Un peu plus et je leur raconterais tout. Les punitions, Puce, mon envie de m'en débarrasser. Tout. Mais maman ne m'en laisse pas le temps. Elle se met plutôt à nous faire ses recommandations.

— Je veux que vous soyez prudents, au parc. Puce, ne t'éloigne pas de Léo et fais tout ce qu'il te demande.

Elle lui met son petit chapeau de paille avec un ruban jaune et la badigeonne de crème solaire de la tête au pied.

— Léo, ne laisse jamais ta sœur s'éloigner d'un quart de pouce. Assure-toi qu'elle ait toujours son chapeau sur la tête. Ne la laisse pas mettre du sable dans sa bouche. N'oubliez pas de revenir pour le dîner.

Des ordres, toujours des ordres.

— Un chausson avec ça?

Maman n'apprécie jamais les répliques baveuses. Elle n'a aucun sens de l'humour.

— Va donc te passer la face sous l'eau, toi. Ça pourrait te nettoyer les esprits!

Et ça continue! Les ordres, les directives, les règlements. C'est pire qu'à l'école!

41

Puce ne tient plus en place. Elle se dandine comme le Poodle Doodle de Mme Pop Corn

— Viens zouer, Léooo !

J'ai le goût de lui dire :

— Tais-toi, mais tais-toi donc...

Mais je ne dis rien parce que je sais ce que je fais. Il ne faut pas qu'on se dispute. Il faut que je l'emmène au parc. Quand nous y serons, mes amis m'aideront à me débarrasser d'elle.

Vers dix heures, nous décollons enfin.

Du balcon, maman nous fait des saluts et nous envoie des baisers de la main. Ça dure jusqu'à ce que nous tournions à la rue Prieur en direction de la rue Saint-Hubert. De là, elle ne peut plus nous voir. Je me mets alors à courir vers le parc. Je suis pressé d'y rejoindre mes amis.

Je voudrais bien courir plus vite encore, mais Puce traîne de la patte et ralentit ma course. On dirait qu'elle flâne exprès.

— Dépêche-toi, Puce, j'ai hâte de voir mes amis.

Je la tire par la main puis, vers la fin du trajet, je la soulève et la tiens à bras-le-corps pour aller plus vite.

J'arrive au parc tout essoufflé.

Heureusement, mes copains sont là. Et les autres, aussi. Les miens, c'est Julia, Laurent et Ti-Louis. Laure Tardif, parfois. Les autres, ce sont le jumeau et sa jumelle, les Lafontaine et Jeannot-la-Claque Dumas, une gang de fiers-à-bras qui se prennent pour d'autres.

Mes amis jouent au Aki près du porte-bicyclettes.

Ti-Louis est facile à reconnaître avec sa casquette des Expos. Il l'a achetée lundi dernier, quand il est allé au match des Expos au Stade. Seulement trois dollars plus taxe, en promotion.

Julia brille avec son ensemble de *jogging* rose et vert fluo, ses lunettes solaires jaune fluo et un ruban vert fluo qui retient sa tresse française blonde. Elle est vraiment belle, Julia. Ni trop grande, ni trop intelligente, ni trop collante ; elle rit tout le temps et elle est toujours d'accord pour tout. Je l'aime. Je ne l'aime pas comme le vrai-amour-pour-se-marier, mais je l'aime d'un amour d'ami.

Mon meilleur ami, c'est Laurent. C'est surtout sur lui que je compte pour m'aider à me débarrasser de vous-savez-qui.

Laurent est bourré d'idées. S'il les vendait toutes, il serait millionnaire.

Il lit beaucoup et il a des frères et une sœur plus vieux que lui. Ça lui donne plein d'idées.

Sa sœur a dix-sept ans. Elle ne nous parle plus depuis qu'elle est en amour par-dessus la tête avec un surveillant de la plage de l'île Notre-Dame.

Par contre, ses deux frères sont complètement zigotos. Ils ont treize et quatorze ans et vont au secondaire. Laurent me raconte toutes leurs facéties.

Ce qu'ils ont fait de plus drôle jusqu'ici, c'est d'avoir mis de la poudre de craie sur la brosse du tableau. Quand leur prof de maths s'en est servi, toute la craie lui est tombée dessus. Sur son bel habit bleu, ses cheveux, sa barbe et jusque dans ses souliers de toile. Il était tout blanc. Les élèves de la classe ont ri et toute l'école s'est bidonnée pendant la récréation. Mais lui, il était si enragé qu'il a puni la classe tout entière.

Obligation de copier cent fois « Pardon monsieur, nous ne recommencerons plus ».

La semaine suivante, le prof a eu

une dépression nerveuse. Il paraît que son remplaçant a l'air d'une brute sanguinaire. Il se promène dans la classe avec une règle à la main. Personne n'ose lui jouer des tours, à lui.

Mais les histoires que je préfère, c'est les histoires avec les filles. Les frères de Laurent ont de l'expérience avec les filles et ils lui donnent des conseils.

Laurent m'a raconté comment son frère de treize ans avait réussi à embrasser une fille dans la cour de l'école et pourquoi son frère de quatorze sortait avec une fille plus vieille que lui. Elle a seize ans.

Premièrement, il paraît que si on veut embrasser une fille, il faut commencer par le lui demander. On finit toujours par trouver une fille qui accepte. Deuxièmement, il paraît qu'il vaut mieux sortir avec des filles plus vieilles parce qu'elles savent plein de trucs nouveaux à faire avec les gars amoureux.

Ces conseils me rassurent parce que, moi, je ne sais vraiment pas comment m'y prendre avec les filles.

C'est génial, des grands frères. En tout cas, c'est mieux qu'une petite sœur!

Puce s'impatiente. Elle tire sur la manche de mon chandail.

— Balançoire, Léooo.

Oui! Oui! Je sais. D'abord, les balançoires, la glissoire, le carré de sable et après c'est...

— Pipi, Léooo.

— Attends, Puce, attends un peu.

Je siffle pour que mes amis s'approchent.

Ti-Louis accourt.

— Salut, Léo! Regarde ce que j'ai.

Il sort de la poche de son gilet une mâchoire de squelette en plastique.

— Je l'ai achetée au Variétés

Lacombe, c'est super-flyé, ça rit tout le temps. Hi! Hi! Hi!

Ti-Louis rit tellement qu'il délire. Hi! Hi! Hi! On dirait une hyène qui a mal à la gorge.

C'est un maniaque des farces et attrapes, il en a une collection : des couleuvres en plastique, des cigarettes qui ne s'éteignent jamais, des faux hamburgers, de la poudre à gratter, des capsules de faux sang. Il les achète pour rigoler. C'est un rigolo.

Julia et Laurent nous ont rejoints. Laurent a son air bête.

— Ah non! Pas encore ta sœur Puce!

Je savais qu'il dirait ça. Julia, elle, se penche vers Puce et l'embrasse sur les deux joues. La présence de Puce l'embête mais elle fait semblant du contraire parce qu'elle dit que Puce est chouette. Ce sont deux filles. Je pense qu'elles se comprennent entre elles, même si elles n'ont pas le même âge.

Puisqu'ils sont tous là, c'est le moment de leur raconter mon idée. Il faut absolument qu'ils acceptent de m'aider.

Je prends une grande inspiration. J'ouvre la bouche. Rien! Pas une syllabe, pas un son.

C'est à cause de Ti-Louis. Il m'énerve avec sa mâchoire qui rit Hi! Hi! Hi! Laurent, lui, ne desserre pas les mâchoires.

— T'as ben l'air bizarre ce matin, Léo Bonenfant!

— Ben... c'est-à-dire...

Je cherche mes mots. Je ne peux rien leur dire devant Puce.

— Je ne peux pas vous parler, pas ici.

Je désigne Puce pour qu'ils comprennent que je ne peux pas parler en sa présence.

— Quoi? Tu veux nous parler en secret?!

Ti-Louis parle toujours trop fort et trop vite. Julia lui met la main sur la bouche pour le faire taire mais Puce a tout entendu.

— Secret, Léooo ? ! Secret ?

Elle insiste.

— Secret, Léooo ?

Je sens que je vais m'évanouir si elle le répète encore.

Julia lui fait des chatouilles.

— Y a pas de secret, Puce. Viens faire des châteaux. Viens jouer avec nous dans le sable.

Elle l'entraîne dans le carré de sable.

Sauvé ! Je suis sauvé ! Julia m'a sauvé !

Je l'aime pas mal, Julia !

Puce fait des tas dans le sable et des routes et des ponts avec des brindilles. Nous jouons avec elle, à quatre pattes dans le sable. Sauf Laurent.

— On ne va pas passer l'avant-midi à niaiser ici. On a l'air de bébés. Dis-le donc, ton secret, Léo !

Laurent est direct. Il a raison : si je dois leur dire ce que je pense, c'est tout de suite ou jamais.

Je me lance.

— J'ai encore été puni à cause de vous-savez-qui.

— Encore!

Julia est déprimée. Moi aussi.

— À cause de Puce?

Je vais l'étriper, celui-là. Ti-Louis n'a pas encore compris notre code du silence.

— Pis après?...

Laurent est tenace et veut en finir.

— Ben... pour avoir la paix, j'ai décidé de me débarrasser d'elle...

C'est fait. J'ai vidé mon sac. Ce sont les premiers à entendre ce à quoi j'ai réfléchi hier toute la soirée.

Julia pose les mains sur les oreilles de Puce.

— Tu ne peux pas dire ça, c'est ta sœur!

Elle est choquée. Julia est choquée. On dirait que mon idée ne lui plaît pas. Pas du tout.

Ti-Louis est pris d'un fou rire nerveux. Hi ! Hi ! Hi ! Comme sa mâchoire à piles.

Laurent, lui, a recommencé à faire des sillons dans le sable avec une branche.

— Laissez-le donc parler. Continue, Léo.

Six yeux sont maintenant braqués sur moi. Je me mets à trembler et à bafouiller, comme pendant un examen oral devant la classe.

— Eh bien... j'ai pensé à quelque chose pour, pour me dé...débarrasser de ma, d'elle... mais j'ai, je veux dire que j'ai... pouvez-vous m'aider ?

Leurs regards me gênent. Mes idées s'embrouillent. Je ne suis pas sûr de vouloir en dire plus, mais Laurent s'impatiente et me talonne.

— Accouche, Léo, si tu veux qu'on t'aide, il faut qu'on sache ce que tu veux.

Je n'y arriverai jamais. Ils me regardent de trop près. J'ai la langue pâteuse et la gorge sèche.

— C'est quoi ton idée?

Laurent insiste.

— Parle! Dis-nous à quoi tu penses!

Il ne me lâche pas. Je réunis un peu de salive pour continuer.

— Mon idée c'est, c'est d'organiser son, son...

Il ne reste qu'un mot à dire. Le plus difficile. Il sort de ma bouche comme à regret.

— ...son enlèvement.

J'ai chuchoté mais ils m'ont entendu. Ils me regardent comme si j'étais un extra-terrestre.

— T'es malade, Léo Bonenfant!

Julia explose.

— C'est pas permis d'enlever quelqu'un, même si c'est sa sœur...

— Je vous demande juste de m'aider!

Ti-Louis panique.

— J'ai pas le goût d'aller en prison, moi.

La prison? Quelle prison? Pourquoi la prison? Je claque des dents.

— Moi, en tout cas, je ne t'aide pas! Et si tu continues à parler comme ça, je ne suis plus ton amie!

C'est la première fois que Julia n'est pas d'accord avec moi.

Ti-Louis grogne.

— Moi non plus, je ne t'aide pas.

Julia fait la tête et Ti-Louis regarde pousser ses ongles.

— Ils ont raison, Léo. On n'a pas le droit d'enlever les gens.

Laurent, mon meilleur ami, refuse de m'aider. Ça va mal.

Il parle sans arrêter de tracer des petits sillons dans le sable.

— Mais j'ai une bonne idée, moi, pour t'aider à te débarrasser de Puce...

Je me suis trompé. Laurent veut

m'aider. Je savais que je pouvais compter sur lui. Il dit avoir une bonne idée. Je lui fais confiance.

— Je propose qu'on fasse peur à Puce. On va tellement lui faire peur qu'elle ne voudra plus jamais revenir au parc. Tu seras débarrassé d'elle et nous aussi. Elle ne viendra plus nous embêter au parc. C'est mieux que rien, non ?

Julia et Ti-Louis gardent le silence mais je les entends réfléchir.

Moi, je jubile parce que l'idée de Laurent, c'est mieux que rien !

Si Puce a peur de venir au parc, elle restera à la maison avec Victor et Florence. J'aurai la paix tout l'été et je serai libre de jouer avec mes amis, tout l'été.

C'est un petit débarras mais c'est un bon débarras tout de même !

— Je suis d'accord, Laurent ! C'est mieux que rien !

Ti-Louis se remet à rire. C'est signe qu'il est d'accord, lui aussi.

Par contre, Julia hésite. Je le sais parce que quand elle hésite, elle tripote sa tresse, ouvre la bouche et montre un petit bout de sa langue.

— Oui, mais... il ne faut pas lui faire trop peur !

Nous sommes tous d'accord ! Nous allons nous débarrasser de Puce pour tout l'été !

Laurent ébouriffe ses cheveux puis relève son chandail jusqu'aux yeux.

— Regardez-moi ! Je vais vous montrer comment faire peur aux moucherons !

Il contourne le carré de sable et se place derrière Puce. Il se met à vociférer en s'ébrouant.

— Bou... ou... ou ! Bou !

Puce ne bronche pas.

Il hésite une seconde puis bondit devant Puce. Il se penche vers elle pour qu'elle le voie bien. Il agite les bras comme un épouvantail et roule des yeux.

— Bou... ou... Bou! je suis un monstre! Bou... ou... ou! Bou! je suis le monstre du parc et je mange les petites Puce.

Il sort la langue et se lèche les babines. Il sautille autour de Puce en répétant qu'il est un monstre.

Il est vraiment ridicule.

Puce le regarde, amusée, et se met à faire comme lui.

— Ze suis un monstre. Bou... ou!

Laurent a raté son coup.

C'est pire que raté. C'est extrêmement raté.

Puce n'a même pas peur. Elle s'amuse. Elle croit que Laurent a inventé un nouveau jeu pour elle.

Ti-Louis se tord de rire. Je crois vraiment qu'il est débile ce type-là.

4

Le jumeau et sa jumelle

Laurent baisse les bras. Son numéro du monstre est terminé. Il se rassoit, reprend sa brindille et la fixe des yeux. Il réfléchit à ce qu'il faut faire maintenant. Sa matière grise travaille.

— On n'a pas le choix, Léo. Il faut demander l'aide des jumeaux Lafontaine. Eux, ils vont réussir à lui faire peur, à ta sœur.

Le jumeau et sa jumelle! Au secours!

Charles et Charline Lafontaine sont des jumeaux identiques. Identiquement baveux et méchants. Ils sont trop méchants pour nous. On ne peut pas faire affaire avec ces deux-là.

Je veux le dire à Laurent mais il est déjà allé rejoindre les jumeaux près du petit bosquet. C'est leur quartier général.

Il les accoste et nous pointe du doigt. Les jumeaux l'écoutent, les bras croisés. Finalement, ils s'approchent.

Sauve qui peut!

Charles et Charline Lafontaine sont maintenant à deux pas de nous. Ti-Louis, Julia et Puce reculent à l'extrémité du carré de sable. Les jumeaux me font signe. À moi. J'avance vers eux à la vitesse d'une tortue en détresse.

— Ça va te coûter deux dollars, ti-pit.

Je ne sais pas quoi répondre. On dirait des gangsters.

Laurent me tire à l'écart.

— Tu veux t'en débarrasser, oui ou non ?

Bien sûr que je veux me débarrasser de Puce mais il me semble que je

ne peux pas accepter l'aide du jumeau et de sa jumelle. Ils sont trop méchants.

— C'est la seule solution ! Ils vont lui faire assez peur, à ta sœur, qu'elle ne te collera plus jamais aux fesses !

Laurent insiste et ça m'embête. Je sais bien qu'il veut m'aider mais tout va trop vite.

— Arrête de niaiser.

Il insiste encore. Je réponds à la hâte :

— D'ac !

Mais c'est à contrecœur.

Laurent prend la situation en main. Il s'adresse aux jumeaux en mon nom.

— C'est O.K... Mais il paiera quand ce sera fait !

— Ça vaudrait mieux pour toi, ti-pit !

Il est trop tard pour discuter. L'entente est conclue.

Charles et Charline Lafontaine

lèvent Puce de terre, en la tenant chacun par une main. Ils sont d'une force redoutable. Aucun de nous ne leur oppose de résistance. Ti-Louis plonge même la tête dans le sable.

Je suis les jumeaux à distance. Ils vont vers les balançoires. Laurent m'accompagne. J'ai peur de ce qui va arriver mais il faut que j'aille jusqu'au bout.

Charles assoit Puce sur une balançoire et Charline lui donne une première poussée.

Puce est propulsée dans les airs et rigole. Olé ! Charline la pousse de nouveau. Puce vole plus haut. Olé !

Charles en remet. Olé ! Puis Charline. Puis Charles, puis Charline.

La balançoire va toujours plus vite et plus haut.

Si Puce lâche les chaînes, elle peut tomber et se casser le cou.

Charles pousse toujours. Puis

Charline. Puis Charles encore. Puce
ne rit plus. Elle m'appelle à l'aide.

— Léooo! Léooo!

J'ai le vertige. Mes yeux voient,
mes oreilles entendent, ma tête pense
mais mon corps est mou comme de la
guenille.

Julia accourt.

— Réveille-toi, Léo.

Elle me secoue.

— Fais quelque chose, ta sœur va
tomber. Dis-leur d'arrê...

Je fonce sur les jumeaux.

— Arrêtez!

Je saisis la balançoire pour ralen-
tir son élan. Puce pleure à chaudes
larmes. Elle a l'air d'un petit pou.

Je ne voulais pas lui faire peur. Je
voulais seulement m'en débarrasser.

— Vous lui avez fait peur bande
de...

Les jumeaux font la grimace.

— Ben quoi, c'est ça que tu voulais, ti-pit!

Je prends Puce dans mes bras et tente de m'éclipser avec elle. Les jumeaux nous menacent, le poing en l'air.

— Minute, ti-pit! Tu partiras pas sans nous donner notre argent. Donne-nous nos deux dollars.

Ils nous barrent la route. Puce s'accroche à mon cou. J'essaie de les repousser en jouant des coudes.

— Laissez-moi donc passer!

Julia, Ti-Louis et Laurent viennent à notre rescousse. Ils encerclent les jumeaux. J'en profite pour déguerpir.

Les jumeaux se lancent à notre poursuite comme deux chiens enragés. Je traverse le parc, puis la rue. Une grosse Jetta bleue freine et klaxonne: pouët! pouët! Un peu plus, elle nous frappait.

Pendant que les jumeaux attendent le feu vert, moi, je file vers la maison à toute vitesse.

Je dévale la rue Fleury. Je la déboule, presque. Puce est collée sur moi, comme du Velcro ! Elle est lourde. Je trébuche mais sans tomber.

Je me retourne parfois pour m'assurer que les jumeaux ne nous poursuivent plus. On dirait qu'ils ont abandonné le marathon.

Je ralentis ma course. Je suis fatigué. Fatigué et fâché. Fâché contre les jumeaux Lafontaine, fâché contre Laurent et ses idées ridicules, fâché contre la Terre entière.

— Léooo, z'ai peur !

Puce est toujours là. Elle morve son chagrin. Je ne dis rien mais je m'assois sur un banc près de l'arrêt d'autobus. *Time out* ! Je peux bien faire une pause pour reprendre mon souffle.

Puce me donne des bizous, ça m'agace.

— Laisse-moi donc tranquille...

Elle me fait la grimace et se met à ramasser des cailloux sur le trottoir. Elle les regroupe, les plus petits ensemble, les ronds dodus à gauche, les plats et allongés à droite. Ma sœur est vraiment bébé.

Je voudrais bien la ramener à la maison mais je ne peux pas rentrer dans cet état. D'abord, il est trop tôt. Maman pourrait soupçonner quelque chose. Et puis, Puce a le visage barbouillé de larmes et de sable.

Si je la ramène comme ça, je devrai expliquer ce qui s'est passé et je serai encore puni.

Je ne suis guère avancé par rapport à ce matin : les jumeaux me courent après, mes amis sont je ne sais où, j'aurai une punition en rentrant et j'ai toujours ma sœur sur les talons. C'est pire que jamais !

Ça ne valait vraiment pas la peine de vouloir régler mon problème ! J'en ai maintenant des milliers à régler.

Une femme s'approche lentement. Elle tient une poussette avec un bébé. Elle a plein de bracelets et de colliers. Quand elle marche, ça fait ting, ling, ling! On dirait une fanfare. Elle s'arrête devant Puce qui encombre le trottoir avec ses pierres.

— Est-ce que je peux passer, ma chérie?

Puce, sur la pointe des orteils, se penche sur la poussette et fait un bizou au bébé. Puis, elle me pointe du doigt.

— Lui, c'est Léooo!

Pourquoi est-ce qu'elle parle de moi? Je ne veux pas parler à cette femme, moi. C'est peut-être une espionne des jumeaux! Une mère déguisée en espionne! Les jumeaux l'ont peut-être mise sur ma piste avec mission de me retrouver pour me faire cracher les deux dollars que je leur dois.

La femme me sourit. Je lui fais passer un test pour vérifier son identité.

— Vous n'auriez pas un Kleenex, madame, parce que ma sœur a besoin de se moucher?

L'espionne se précipite sur son sac à main. J'ai peur!

— Mais bien sûr!

Elle sort deux ou trois mouchoirs de papier.

— Viens ici, ma chérie, nous allons moucher ton nez!

Ouf! ce n'est pas une espionne, c'est une vraie mère d'enfant.

Elle pince le nez de Puce. Puce souffle et renifle comme un cheval. Le mouchoir se remplit.

— Ça y est. On pourrait aussi donner un petit coup sur les joues.

La femme nettoie le visage de ma sœur.

— Merci, madame!

Puce retourne à ses cailloux.

Avant de partir, la femme-à-lapoussette-et-au-bébé se tourne vers moi.

— Tu es gentil avec ta sœur. C'est bien de t'occuper d'elle. Ta mère doit être fière de toi.

On voit qu'elle n'est pas au courant. Elle ne sait pas que je ne suis pas gentil du tout avec ma sœur, que je ne m'occupe pas d'elle et que ma mère n'est pas fière de moi.

J'ai le goût de lui dire que j'ai voulu me débarrasser de ma sœur, que je me suis embarqué dans une aventure qui a mal tourné et que je ne sais pas comment m'en sortir.

Mais je ne lui dis pas parce que ça ne servirait à rien. Les histoires d'enfants appartiennent aux enfants et les histoires d'adultes appartiennent aux adultes. À chacun ses histoires.

La femme reprend sa promenade et son concert de bijoux : ting, ling, ling ! Elle se retourne et nous salue de la main. Je lui rends la pareille.

Puce, elle, l'a déjà oubliée. Elle travaille avec ses cailloux comme une forcenée. Elle en a semé partout. Elle a débordé du trottoir et avance jusque dans la rue. Un petit tas ici, un petit tas là. Elle a fait des tas de cailloux jusqu'à la ligne blanche. Ce n'est pas prudent de jouer dans la rue. Puce le sait et moi aussi, je le sais. Si une auto arrivait à plein gaz, elle l'écrabouillerait. Crash!

Ce serait peut-être un petit accident, un tout petit accident de rien du tout. Puce ne serait presque pas blessée et je serais débarrassé d'elle pour quelques jours.

Par contre, si c'était un gros accident, elle pourrait mourir. Comme mon oncle Henri. Il a eu un accident, cet hiver, et je ne le vois plus. Il est mort. C'est triste.

C'est trop triste, la mort.

— Viens Puce, on rentre à la maison.

5

Adieu, je pars !

La maison est vide.

Je baisse les stores et je verrouille toutes les portes. J'ai peur que les jumeaux rappliquent jusqu'ici pour réclamer leur argent.

Victor et Florence ont épinglé un message sur le babillard.

« Sommes partis faire les courses. Revenons pour le dîner. »

Ils vont bientôt revenir et je ne pourrai plus me cacher.

Tôt ou tard, ils vont apprendre que j'ai voulu me débarrasser de Puce. Les jumeaux vont tout leur raconter. À moins que ce ne soit Ti-Louis qui bavarde.

— Quoi!? nous venons d'apprendre que tu as voulu te débarrasser de ta sœur! c'est un comble!

Victor et Florence ne me le pardonneront jamais!

Puce est leur enfant préférée. Ils me l'ont confiée et je n'ai pas suivi leurs recommandations. Pire, j'ai voulu m'en débarrasser sans les avertir.

Ils vont être furieux.

Ils vont chercher une punition exemplaire.

Je parie qu'ils vont m'envoyer dans un camp d'été!

Ils m'en ont déjà parlé.

— Pourquoi n'irais-tu pas dans un camp d'été, Léo ? Tu pourrais t'y amuser avec des jeunes de ton âge. Ça te changerait de la maison ! Ta cousine y va, le fils de M. Vachon y va, tous les enfants y vont ! Pourquoi pas toi ?

Parce que je ne veux pas y aller. Pas moi. Il paraît qu'il faut y faire son lit, des activités libres et obligatoires, jouer en groupe et manger à la cafétéria. Ce n'est pas ce que j'ai envie de faire cet été !

Je leur ai déjà dit non ! et c'est encore non !

Je ne veux pas aller au camp d'été et je n'irai pas !

J'en ai assez des punitions !

« Sommes partis faire les courses. Revenons pour le dîner. »

Je pars d'ici avant qu'ils ne reviennent. Je pars tout de suite. Je vide la place. Je les débarrasse de ma présence. Qu'ils gardent Puce avec eux! Moi, je fais mes bagages et je déménage!

Je vais aller vivre ma vie ailleurs.

Ailleurs-où?

Ailleurs-ailleurs! Je trouverai bien un coin.

J'installe Puce devant le téléviseur et lui donne une poignée de biscuits Ritz.

Je m'éclipse par la porte arrière. Ma bicyclette m'attend.

Bonjour! Au revoir et merci. Amusez-vous bien tous les trois.

Je pédale à pleine vitesse. Je détale!

6

Au voleur !

Ça doit faire au moins une heure
que je pédale. Une grosse heure, tout
seul. Je n'ai rencontré personne, je
n'ai parlé à personne, j'ai changé de
quartier.

Ça m'a fait du bien !

J'arrête à un feu rouge, à l'angle
de la rue Papineau et du boulevard
Rosemont. À gauche, j'aperçois une

enseigne de McDonald's.

Youppi!

Je vais m'offrir une grosse frite, un gros Coke et un panier de McCroquettes. Une petite fête avant de continuer vers ailleurs!

En avant! Go! Go! Go! Cap sur McDonald's!

Ce restaurant est plus beau que celui de mon quartier. En plein cœur d'un parc rempli d'enfants, de parents et de jeux. Tous des inconnus! Ils ne peuvent pas me reconnaître. Je suis en sécurité!

Je laisse ma bicyclette à l'extérieur et je cours au comptoir-caisse. La liste des prix est affichée : 1,09 $, le Coke ; 1,09 $, la frite ; 2,49 $, les McCroquettes.

Déception!

J'ai seulement 1,83 $ sur moi.

Et si je prenais une petite frite à 99 cents, un petit Coke à 79 cents et un hamburger à 1,29 $? Ou plutôt une grosse frite à 1,49 $ et un petit coke à 79 cents?

Mon tour de commander est arrivé.

— Qu'est-ce que je peux te servir?

La serveuse attend.

— Donnez-moi un cornet à 59 cents, un hamburger à 99 cents et un verre d'eau. Elle poinçonne.

— Un chausson avec ça?

Très drôle!

J'ai tout avalé mais j'ai encore faim. Je guette les gros grands gars de la table d'à côté. Ils n'arrêtent pas de manger et de boire. Ils ont des gros Coke, des grosses frites, des gros hamburgers et de grandes bouches. Je les guette parce que s'ils laissent des frites, je saute dessus et je les dévore jusqu'à la dernière.

J'ai tellement faim!

Toutes les tables sont remplies de mangeurs. Des dizaines d'ogres affamés qui s'empiffrent pendant que moi, je grignote.

Les gros grands gars de la table d'à côté se lèvent. Ils partent sans me laisser l'ombre d'une miette. J'ai faim !

À la maison, ils doivent être en train de dîner. Une salade de thon, probablement, comme tous les samedis midi.

Ce n'est pas que j'adore la salade de thon mais je mangerais n'importe quoi tant j'ai faim.

Si je reste ici, je crève. Autant faire marche arrière et rentrer !

Rentrer ! Ce ne sera pas facile. Je m'attends à un long discours et à un nouveau record de punitions mais ça vaut mieux que mourir de faim.

En avant ! Go ! Go ! Go ! Cap sur la maison !

J'avale une dernière gorgée d'eau.

Elle se coince.

Et si Florence et Victor refusaient de me reprendre chez eux?

— Mon garçon, tu as choisi de nous quitter et bien, va, va faire ta vie ailleurs.

J'étouffe.

Mon cas est grave, c'est sûr, mais je suis convaincu que les parents n'ont pas le droit de mettre leur enfant à la porte. Je vais les supplier de me reprendre, au moins à l'essai. J'irai au camp d'été s'il le faut!

— Bon! Cette fois, nous passons l'éponge!

Je respire mieux. J'ai hâte de passer l'éponge. J'ai hâte, tout à coup, de retourner chez moi et de les embrasser.

Je me précipite au porte-bicyclettes pour récupérer la mienne. Il en reste trois. Une verte, une bleue et une blanche.

Et la mienne, où est-elle?

La rouge avec un miroir et un drapeau orangé, où est-elle?

Je l'avais laissée là. Elle ne peut pas s'être envolée! Volée!?

Je fais le tour du restaurant. J'ai mal au cœur. Où est-elle? Comment quelqu'un a-t-il pu voler ma bicyclette? Ma belle bicyclette neuve, avec douze vitesses, des freins shimano et des roues grosses comme ça. Je viens juste de la recevoir. C'est un cadeau de Victor. Les voleurs n'ont pas le droit de me voler. Je ne leur ai rien fait. C'est injuste!

Qu'est-ce que je peux faire sans ma bicyclette? Où est-ce que je peux aller?

Cette fois, mon cas est vraiment grave.

Je suis perdu au milieu d'un quartier que je ne connais pas, je me suis fait voler ma bicyclette, j'ai dépensé mon argent de poche, je suis poursuivi par les jumeaux Lafontaine, je me suis enfui de la maison, mes parents m'attendent. Et j'ai extrêmement faim !

Je pense que je vais pleurer un peu.

Je pleure déjà beaucoup.

7

Hector et Marie

J'ai pleuré tout un océan, assis sur un banc.

Il est 15 heures 45. C'est un monsieur en cravate qui me l'a dit. Je sais qu'il ne faut pas parler aux étrangers mais j'ai pris le risque. J'aurais pu lui demander de me raccompagner chez moi mais je pense qu'il était pressé.

Tout le monde a l'air heureux au parc. Sauf moi.

Il y en a qui font des pique-
niques, d'autres qui jouent au cerf-
volant ou au soccer, d'autres qui se
font bronzer. Tout le monde fait un
petit quelque chose. Sauf moi.

Je ne sais pas quoi faire. Je ne
sais même plus quoi penser. Ma matière grise est en panne! Mes batte-
ries sont à plat!

J'ai juste le goût de tout oublier.
Effacer tout ce qui s'est passé aujour-
d'hui, faire la paix et retrouver ma
chambre et mon lit.

Je m'ennuie de Florence, de Victor
et même de Puce. Je m'ennuie de
M. Vachon, notre voisin, de Mme Pop
Corn et de son Poodle Doodle.

Deux vieux se promènent en
amoureux. Le monsieur fume la pipe.
Ça pue le tabac. La dame jacasse et
pousse des oh! et des ah!

Ils ressemblent comme deux
gouttes d'eau à Hector et à Marie,

mes grands-parents D'Amours. Ce
sont peut-être leurs voisins?

Hector et Marie habitent la rue
Des Érables.

— Monsieur, est-ce que c'est loin,
la rue Des Érables?

Je le vois sourire à travers la fu-
mée de sa pipée.

— Tout près, mon garçon, à quelques rues d'ici.

Je l'embrasserais tellement je suis
content.

— C'est parce que mes grands-
parents habitent là. Je veux leur faire
une petite visite.

Il m'indique la direction à prendre.

— C'est par là. Tu vois le terrain
de soccer et la grosse église sur le
coin...

Je n'entends plus tellement je suis
excité. Je ne pense qu'à m'en aller.

— Merci, m'sieur...

Hector et Marie vont m'offrir à souper et ils vont me reconduire à la maison. Victor et Florence vont me reprendre et je vais leur promettre de ne plus recommencer. Tout ira mieux !

J'avance vers l'église et j'essaie de me rappeler ce que le monsieur m'a dit. Mais j'ai tout oublié.

Toutes les rues se ressemblent par ici. Je tourne en rond.

Je demande ma route à une grande femme rousse qui porte un chignon à trois étages.

— C'est par là, mon petit...

Puis à un gars avec un sac au dos. Mais il parle anglais.

— *Sorry, what ?*

Il est perdu, lui aussi.

Un chauffeur de taxi, de son taxi, m'explique le trajet très lentement.

— À droite puis à gauche, tout droit jusqu'au prochain feu de circulation.

Ma matière grise se remet à fonctionner. Je répète.

— À droite puis à gauche, tout droit jusqu'au prochain feu de circulation.

Je marche et je marche et je marche. Tout droit jusqu'au prochain feu de circulation. Quand j'aperçois le dépanneur Chez Fernand, je reconnais le quartier de Marie et de Hector. Je ne suis plus perdu.

Le restaurant Jojo, le marché Richelieu, la pharmacie Jean-Coutu. Je les reconnais tous. Je suis enfin arrivé quelque part. C'est la rue Des Érables !

Je l'ai trouvée !

Ça sent les roses et la soupe aux légumes de Marie.

Marie est une experte de la soupe aux légumes. Hector coupe du céleri, du navet, des poireaux et des carottes en tout petits morceaux et Marie les fait cuire dans du bouillon de poulet avec des fines herbes et des épices. Ils vont m'en servir des bols et des bols et je vais en manger plein mon ventre.

Enfin leur maison ! C'est la plus petite. Toute en pierres avec une porte verte et des volets blancs.

Je m'élance comme une balle de flipper. Je frappe à la porte. Je sonne. Je frappe plus fort encore. Rien. Personne.

Je me précipite dans la cour en criant.

— Marie ! Hector !

Le potager et la balançoire sont bien là, mais pas Hector et Marie.

Pourtant, ils devraient y être. C'est samedi et c'est l'heure du souper ! Pourquoi est-ce qu'ils ne sont pas dans leur balançoire, comme d'habitude ?

Il commence à faire noir. Je suis inquiet et malheureux.

Je veux que Hector et Marie reviennent et s'occupent de moi. J'ai
besoin que quelqu'un s'occupe enfin
de moi. C'est tout. Je ne bouge pas
d'ici.

Je roule le tapis du balcon et je
me pelotonne contre lui.

J'attends Hector et Marie. Comme
la balançoire et le potager, je les attends. Ils vont revenir. C'est leur maison, ils ne peuvent pas ne pas revenir

un jour. Je vais les attendre aussi longtemps qu'il le faudra. Quand ils me
verront, ils s'occuperont de moi.

Je passe le temps à guetter les
voitures. J'en ai compté soixante-dix-
neuf. Une voiture a bien ralenti mais
c'était celle des voisins.

Toutes les maisons ont éteint leurs
lumières. Il doit être minuit. À partir
de maintenant, c'est la nuit. Les gens
dorment. Hector et Marie doivent dormir quelque part. Ils ne savent pas
que je les attends.

Encore une voiture ! Quatre-vintgs.

Elle avance, elle ralentit, elle se
gare. C'est Hector et Marie !

Je crie.

— Hector ! Marie !

Je cours vers eux en pleurant
comme un bébé. Marie me caresse les
cheveux. Hector m'étreint.

— Qu'est-ce que tu fais ici, Léo ?
Nous arrivons de chez toi. Victor et

Florence sont si inquiets. Ils te cherchent partout. Viens!

Au bout du fil, Florence pleure. Je pleure.

— Maman, viens me chercher!

Marie pleure. Tout le monde pleure. C'est fou de tant pleurer, mais je m'en fiche.

Florence et Victor disent qu'ils m'aiment et qu'ils viennent me chercher.

J'ai hâte de rentrer parce que, moi, je n'en peux plus!

Hector et Marie m'écoutent pendant que je mange un bol de soupe. Je leur raconte tout. Les punitions, Puce, les jumeaux et ma bicyclette.

Marie pousse des oh! pas ça! et elle me redonne de la soupe et des croûtons.

Hector rit un peu et me donne des petits coups de coude.

— Moi, j'avais six frères et trois

sœurs et je t'assure que j'aurais bien voulu tous les voir disparaître. Un jour, j'ai enfermé mon frère dans l'écurie avec les chevaux pour lui apprendre à ne plus me suivre.

Hector fait le malin. Marie se fâche.

— Tu as eu la fessée et tu n'as plus recommencé !

Hector ricane et bourre sa pipe.

— On va faire une entente, Léo. On ne regarde jamais la télévision, nous autres, hein ! Marie ? Si tes parents sont d'accord, tu pourras venir la regarder, ici, quand ta sœur te causera des ennuis. Même que tu pourras rester coucher, hein ! Marie ? On jouera au Rummy tous les trois et tu mangeras la soupe de grand-maman.

Marie m'embrasse et pousse des oh ! bien sûr ! et des ah ! lala !

J'aime Hector et Marie. Il est facile de les aimer. Ils comprennent tout, du premier coup.

Je reviendrai les voir, plus souvent. Tout seul. Pour manger la soupe aux légumes de Marie et pour écouter les histoires d'Hector.

Je n'ai plus faim. Je suis heureux. Florence et Victor surgissent au milieu de la nuit. Comme par magie. Ils n'ont pas sonné. Ils n'ont même pas frappé à la porte. Ils sont là. Pour moi. Ils me bécotent tout partout.

Je les aime.

8

Où est Puce ?

Laurent, Ti-Louis et Julia sont au parc. Ils font du rouli-roulant sur la butte. Je suis content de les revoir parce que je me suis ennuyé.

— Salut !

Les voilà qui culbutent jusqu'à moi, Ti-Louis devant, cul sous tête, affolé.

— Léo, où t'étais ?

Il me décoche un coup de poing amical sur l'épaule.

— On était inquiets !

Coup de pied nerveux sur les mollets.

— On t'a cherché partout, nous autres.

Il est inutile qu'il me raconte ce qui s'est passé parce que je sais tout.

En revenant chez moi, hier soir, Florence et Victor m'ont fait un résumé détaillé des événements de la journée : qui a dit ceci, qui a fait cela et comment tous mes amis (même les jumeaux !) ont organisé une recherche dans le quartier parce qu'ils pensaient que moi, moi, Léo Bonenfant-D'Amours, j'avais été enlevé par un maniaque dangereux !

Quand on est arrivé à la maison, on avait déjà fait la paix, papa, maman et moi.

Nous nous sommes assis-collés sur

le divan, tous les trois, bras sous bras,
joues contre joues.

J'étais bien! C'était chaud et si
bon.

C'était comme avant, quand j'étais
unique!

Victor a déclaré qu'il n'irait pas se
coucher tant que nous n'aurions pas
juré de nous aimer pour toujours. La
main sur le cœur, nous avons juré.

— Juré ! Craché !

Puis, nous nous sommes fait des promesses.

D'abord Victor. Il a promis de ne plus se fâcher pour rien et d'arrêter de me faire des discours. Il a dit que ce serait difficile pour un vieux perroquet comme lui mais qu'il allait essayer de toutes ses forces.

— Dans ce cas, moi, Florence Bonenfant, je promets solennellement de toujours écouter avant de juger et de faire des propositions plutôt que de donner des ordres.

J'ai applaudi. Florence et Victor m'ont sauté dessus.

— Et toi, Léo ? Qu'est-ce que tu promets ?

Ils m'ont chatouillé jusqu'à ce que je promette.

— Arrêtez ! Hi ! hi ! hi ! Je promets, hi ! hi ! hi ! de vous, hi ! hi ! hi ! confier mes problèmes, hi ! hi ! hi ! à l'avenir.

Ouf! J'étais mort de rire mais j'étais soulagé d'avoir choisi cette promesse.

Nous nous sommes encore bécotés tous les trois puis nous sommes allés nous coucher sur la pointe des pieds pour ne pas réveiller Puce.

Laurent cherche ses mots. On dirait qu'il est soucieux.

— Puce n'est pas avec toi ? Où est-elle ?

Julia et Ti-Louis sont curieux tout à coup.

— C'est vrai ! Où est Puce ?

J'ai le goût de leur faire une blague.

— Pourquoi cherchez-vous Puce ? Est-ce que vous voulez jouer avec ma sœur, à présent ?

Mais Julia ne veut pas jouer aux devinettes ce matin. Ma question l'asticote.

— Léo, c'est pas une farce, parle !

Ils ont peur que je me sois débarrassé d'elle.

— Où est Puce ? Où l'as-tu mise ?

Je leur annonce officiellement que
ma sœur joue dans la cour avec son
ami Chicot. Ils restent bouche bée, la
bouche grande ouverte comme un ga-
rage de mouches. On dirait qu'ils ne
me croient pas.

— Je vous jure qu'elle joue dans
la cour avec son ami Chicot. Elle ne
voulait pas m'accompagner au parc ce
matin et maman n'a pas insisté. Je
vous le jure !

Cette fois, ils craquent.

— Yé!...nous allons passer tout l'été ensemble, entre nous, juste nous!

Tout l'été, sauf deux semaines. À cause de ma cousine. Elle m'a téléphoné ce matin pour me demander si je voulais aller au camp d'été avec elle.

J'ai dit oui. J'ai accepté d'aller au camp d'été avec ma cousine.

— T'es chanceux, Léo. Tu vas passer deux semaines sans Puce, c'est génial!

Julia pense comme moi. J'ai même fait un rapide petit calcul mental.

Deux semaines au camp d'été = deux semaines sans Puce.

Deux semaines sans Puce = deux semaines de débarras.

Deux semaines de débarras = deux semaines de liberté totale.

J'ai déjà préparé ma valise!

— C'est pas si génial, les camps

d'été. Il paraît que tu dois faire ton lit, suivre des activités obligatoires et manger à la cafétéria.

Ti-Louis m'énerve. Il parle toujours trop fort et trop vite. Je voudrais l'étriper mais je garde mon calme parce que, aujourd'hui, j'ai besoin de lui et de tous mes amis.

Avant de partir pour le camp d'été, je veux récupérer ma bicyclette.

J'y ai rêvé toute la nuit et je pense que je sais comment la retrouver. J'ai une super bonne idée, cette fois ! Mais il faut que Laurent, Julia et Ti-Louis acceptent de m'aider. Peut-être même les jumeaux ?

Table

1 Un record de punitions 7

2 Je fulmine 21

3 Action ! 37

4 Le jumeau et sa jumelle 61

5 Adieu, je pars ! 75

6 Au voleur ! 79

7 Hector et Marie 87

8 Où est Puce ? 99

Boréal Junior

1. Corneilles
2. Robots et Robots inc.
3. La Dompteuse de perruche
4. Simon-les-nuages
5. Zamboni
6. Le Mystère des Borgs aux oreilles vertes
7. Une araignée sur le nez
8. La Dompteuse de rêves
9. Le Chien saucisse et les Voleurs de diamants
10. Tante-Lo est partie
11. La Machine à beauté
12. Le Record de Philibert Dupont
13. Le Bestiaire d'Anaïs
14. La B.D. donne des boutons
15. Comment se débarrasser de Puce
16. Mission à l'eau
17. Des bleuets dans mes lunettes
18. Camy risque tout
19. Les parfums font du pétard
20. La Nuit de l'Halloween
21. Sa Majesté des gouttières
22. Les Dents de la poule
23. Le Léopard à la peau de banane
24. Rodolphe Stiboustine ou l'enfant qui naquit deux fois
25. La Nuit des homards-garous
26. La Dompteuse de ouaouarons

Boréal Inter

1. Le raisin devient banane
2. La Chimie entre nous
3. Viens-t'en, Jeff!
4. Trafic
5. Premier But
6. L'Ours de Val-David
7. Le Pégase de cristal
8. Deux heures et demie avant Jasmine
9. L'Été des autres
10. Opération Pyro
11. Le Dernier des raisins
12. Des hot-dogs sous le soleil
13. Y a-t-il un raisin dans cet avion?
14. Quelle heure est-il, Charles?
15. Blues 1946
16. Le Secret du lotto 6/49
17. Par ici la sortie!
18. L'Assassin jouait du trombone
19. Les Secrets de l'ultra-sonde
20. Carcasses
21. Samedi trouble
22. Otish
23. Les Mirages du vide
24. La Fille en cuir

Typographie et mise en pages:
Édition•Typographie•Conseils, Montréal

Ce deuxième tirage a été achevé d'imprimer
en avril 1993
sur les presses de l'Imprimerie Gagné
à Louiseville, Québec